D0663035

roman rouge

Dominique et compagnie

Sous la direction de
Yvon Brochu

François Gravel

David et la maison de la sorcière

Illustrations
Pierre Pratt

**Données de catalogage
avant publication (Canada)**

Gravel, François
David et la maison de la sorcière
(Roman rouge)
Pour enfants de 6 ans et plus

ISBN 2-89512-233-4

I. Pratt, Pierre. II. Titre.

PS8563.R388D36 2002 jC843'.54 C2001-940840-4
PS9563.R388D36 2002
PZ23.G72Da 2002

© Les éditions Héritage inc. 2002
Tous droits réservés
Dépôts légaux : 1er trimestre 2002
Bibliothèque nationale du Québec
Bibliothèque nationale du Canada
Bibliothèque nationale de France

ISBN 2-89512-233-4

Imprimé au Canada

10 9 8 7 6 5 4 3

Direction de la collection :
Yvon Brochu, R-D création enr.
Éditrice : Dominique Payette
Direction artistique et
graphisme : Primeau & Barey
Révision-correction :
Martine Latulippe

Dominique et compagnie
300, rue Arran
Saint-Lambert (Québec) J4R 1K5
Téléphone : (514) 875-0327
Télécopieur : (450) 672-5448
Courriel :
dominiqueetcie@editionsheritage.com
Site Internet :
www.dominiqueetcompagnie.com

Nous remercions le Conseil des Arts du
Canada de l'aide accordée à notre programme de publication. Nous reconnaissons l'aide financière du gouvernement du
Canada par l'entremise du Programme
d'aide au développement de l'industrie de
l'édition (PADIÉ) pour nos activités d'édition.

Nous reconnaissons l'aide financière du
gouvernement du Québec par l'entremise
du Programme de crédit d'impôt pour l'édition de livres – SODEC – et du Programme
d'aide aux entreprises du livre et de
l'édition spécialisée.

À Philippe

Chapitre 1

La nuit, rien n'est pareil

La nuit, tout change. Les arbres se transforment en squelettes, les insectes en démons, et le moindre craquement de feuille morte devient terrifiant. Une simple robe de chambre suspendue à un crochet peut ressembler à un monstre si on laisse aller son imagination.

Mon chien s'appelle Fantôme. Il est docile et gentil. Mais quand le soleil se couche et que ses yeux brillent dans l'obscurité, il ressemble à un loup.

Les adultes changent, eux aussi. Le jour, dans son magasin, mon père a toujours le sourire aux lèvres. On dirait que sa bouche est attachée à ses oreilles par des élastiques. Mais le soir, il

est différent. Quand il arrive à la maison, on dirait qu'il enlève ses élastiques. Sa bouche retombe. Il a l'air triste et fatigué. C'est comme si j'avais deux pères : un souriant pour le jour, un triste pour le soir.

C'est comme ça pour tous les adultes que je connais. Mais personne n'est aussi changeant que madame Esther, la boulangère.

Le jour, madame Esther est joyeuse comme un rayon de soleil. Quand on pousse la porte de la boulangerie, une clochette tinte, et on a tout de suite envie de sourire.

Ensuite, on respire les bonnes
odeurs des pains et des gâteaux,
et on sourit encore plus. Et quand
on aperçoit madame Esther, on
ne peut pas s'empêcher de rire :
son tablier est plein de sucre et
de farine, et elle a de belles joues
rouges. On dirait une pâtisserie
géante !

Chaque fois que mon père m'envoie faire une livraison à la boulangerie, j'en ressors avec un petit pain ou un biscuit, parfois même avec un carré aux dattes. J'adore aller chez madame Esther. Du moins, le jour.

Mais ce soir, pour la première fois, je suis allé à sa maison. Et j'ai eu peur. Madame Esther habite une maison de planches grises, au bout d'une rue mal éclairée. On dirait une maison de sorcière. Quand j'ai poussé la porte, au lieu d'une clochette, j'ai entendu un long grincement sinistre. À l'intérieur, il faisait si noir que je ne voyais presque rien. Et quand j'ai fini par apercevoir madame Esther, c'est à peine si

je l'ai reconnue : elle portait une jupe noire, un chandail noir et un châle noir. Et elle avait l'air triste, tellement triste !

Je lui ai donné ce qu'elle avait commandé au magasin de mon père, elle m'a dit merci et c'est tout : même pas de biscuit ! Tout ce que j'ai pu rapporter à la maison, ce sont des questions que j'ai posées à mon père : pourquoi les adultes sont-ils si changeants ?

Comment se fait-il qu'une femme si belle le jour ressemble à une sorcière la nuit venue ?

Au lieu de me répondre, mon père n'a pas arrêté de me poser des questions !

Chapitre 2

Les questions de mon père

– J'ai bien du mal à te croire, me dit mon père en se grattant la tête. Madame Esther est une très belle femme, elle est gentille et avenante. Comment pourrait-elle ressembler à une sorcière ? Tu es sûr de ce que tu dis ?

– Absolument sûr ! Si tu ne me crois pas, viens chez elle avec moi !

– Tu sais bien que je ne peux pas quitter mon magasin. Je dois

travailler tous les soirs. Quand je rentre à la maison, je suis épuisé… Mais dis-moi, David, es-tu vraiment certain que sa maison soit en si mauvais état ? Une porte qui grince, de la peinture qui s'écaille… Vraiment ?

Je lui décris encore une fois ce que j'ai vu chez madame Esther. Il continue de m'interroger :

– Tu dis qu'elle est habillée de noir ? Et elle habite seule, tu es sûr ? Et il n'y a pas de clochette quand on pousse la porte, comme dans sa boulangerie ?

Je trouve mon père bien curieux, tout à coup. Quand je lui raconte mes journées à l'école, il ne me pose jamais autant de questions !

– Je pense que je comprends, finit-il par me dire. Si madame Esther semble si belle dans son magasin, c'est parce qu'elle fait des efforts pour être gentille avec les clients. Mais le soir, elle est fatiguée, c'est normal. Et puis ça ne doit pas être très drôle pour elle de vivre seule…

Mon père se gratte encore la tête. Puis, il se lève pour aller regarder par la fenêtre. Il ne dit rien, mais je sais qu'il pense à ma mère. Ma mère est morte quand je suis né, et mon père me parle très rarement d'elle. Chaque fois, ses yeux se mouillent. Et chaque fois, il va regarder par la fenêtre, pour que je ne le voie pas. Comme il reste longtemps à la fenêtre, les mains derrière le dos, je sais qu'il pense à elle.

–Je me demande si je devrais…

Il se tait en plein milieu de sa phrase, se gratte encore la tête et se reprend :

–Non, je ne devrais pas…

Je le regarde sans rien dire. Qu'est-ce que je pourrais bien lui répondre ? Je ne sais même pas quelle question il se pose !

– Peut-être que je devrais… Oh ! et puis non, ce serait trop compliqué… Mais, quand même…

À quoi peut-il bien réfléchir ? On dirait qu'il a peur de quelque chose, mais de quoi ?

Chapitre 3

Le paquet mystérieux

— Qu'est-ce que c'est que ça ?
me demande madame Esther.
J'ai commandé un journal et deux
bobines de fil noir… Qu'est-ce
qu'il peut bien y avoir là-dedans ?

Elle pose le mystérieux colis sur
la table de la cuisine et le déballe.
Je m'approche pour voir ce qu'il
contient. Mon père n'a pas voulu
me dire ce qu'il y avait dans la
petite boîte, mais cela semble très
précieux : jamais je n'ai vu un si

petit paquet emballé dans autant
de papier, de ruban et de ficelle.
On dirait un écrin, mais c'est im-
possible : mon père ne vend pas
de bijoux dans son magasin.

Madame Esther a enfin réussi
à déballer le paquet : c'est une
clochette ! Il y a aussi un papier
dans la boîte. Madame Esther le
lit en plissant le front et, quand

elle a fini sa lecture, elle semble
étonnée. Elle attache ensuite la
clochette à une ficelle, la suspend
à la porte, et toute sa maison se
transforme aussitôt : elle semble
moins sombre que les autres soirs.
Est-ce à cause de la clochette, ou
à cause du sourire de madame
Esther ?

27

–Comme c'est gentil ! s'exclame-
t-elle finalement. Tu répondras à
ton père que… Non… Attends un
instant, je vais plutôt lui écrire un
billet…

Je ne sais pas ce qu'elle veut lui
dire, mais ça paraît très compliqué. Elle écrit un mot, le biffe,
fait une boulette avec sa feuille
de papier et recommence… Ça
n'en finit plus ! Quand elle a enfin
terminé sa lettre, elle la glisse
dans une enveloppe et me la

donne. Elle semble toute joyeuse, mais en même temps inquiète. Aurait-elle peur, elle aussi ?

– Attends un peu, me dit-elle au moment où je franchis la porte.

J'ai peur qu'elle reprenne l'enveloppe, mais je m'inquiétais pour rien : elle m'offre un biscuit !

Quand je reviens de faire mes livraisons, d'habitude, mon père m'attend derrière le comptoir.

Je lui donne des sous qu'il dépose aussitôt dans sa caisse enregistreuse. Ensuite, il met des lunettes sur le bout de son nez et se plonge dans ses livres de comptabilité. Mais ce soir, il ne fait rien de tout ça. Il m'attend sur le pas de la porte.

– Et alors ? Tu as livré la lettre à madame Esther ? Elle a ouvert le paquet ? Qu'est-ce qu'elle a dit ?

Comment lui répondre ? Il n'ar-
rête pas de parler ! S'il me posait
autant de questions sur mes
leçons, j'aurais toujours cent pour
cent dans mes examens ! Je lui
tends la lettre de madame Esther,
qu'il ouvre aussitôt.

Qu'est-ce qu'elle a bien pu lui
écrire pour qu'il devienne tout
rouge ?

Chapitre 4

La clochette magique

Madame Esther était peut-être une sorcière autrefois mais, aujourd'hui, elle est sûrement guérie : elle est aussi belle le soir que le jour. Ses yeux paraissent plus brillants et ses joues sont toujours rouges, même si elle ne se maquille pas.

Quand mon père m'envoie lui porter des colis, elle me donne tellement de biscuits que je n'arrive pas à tous les manger : j'en garde pour le lendemain.

Mon chien Fantôme adore aller chez madame Esther, lui aussi : elle lui offre des biscuits pour les chiens, des biscuits en forme d'os.

Peut-être que mon père est un peu sorcier, lui aussi ? Il a peut-être lu dans un vieux grimoire qu'il suffit de suspendre une clochette au-dessus de la porte d'une

sorcière pour la guérir ? Depuis que j'ai apporté la clochette chez madame Esther, mon père a beaucoup changé. Quand il rentre à la maison, il n'a plus l'air aussi fatigué. Chaque fois que je lui rapporte une lettre de madame Esther, il devient tout rouge. On dirait qu'il rajeunit !

La clochette m'a transformé, moi aussi : maintenant, je ne suis pas seulement un garçon qui fait des commissions pour son père, je suis devenu facteur ! C'est d'ailleurs un très beau métier. Peut-être que c'est ce que je ferai, quand je serai grand.

– Qu'en penses-tu, Fantôme ?
– Wouf !
– Tu as raison : je serai facteur. Les gens sont tellement contents de recevoir des lettres… Je serai facteur, et je t'emmènerai toujours avec moi.

Chapitre 5

La maison de madame Esther

Chaque dimanche, nous allons chez madame Esther, mon père et moi. Nous apportons de la peinture et du mastic, des clous et du papier peint, et nous réparons sa maison.

À la fin de l'été, nous l'avons tellement bien réparée qu'elle ne ressemble plus du tout à une maison de sorcière. C'est même la plus belle maison du village.

Quand nous avons bien travaillé, nous rangeons les outils et nous mangeons ensemble, tous les trois. J'aime beaucoup ces repas. Mon père est très joyeux et les desserts sont dé-li-cieux !

Ensuite, mon père et moi, nous rentrons à la maison. C'est du moins ce qui se passe d'habitude.

— Peut-être... peut-être qu'on pourrait rester un peu plus longtemps, ce soir, me dit mon père. Peut-être même qu'on pourrait s'installer ici pour de bon ? Ce serait une bonne idée, je trouve...

— Qu'en penses-tu, mon petit David ? me demande madame Esther. Ça ne te fait pas peur ?

Quelle drôle de question ! De quoi j'aurais peur ? J'aime beaucoup madame Esther, vraiment beaucoup. Si j'avais pu choisir une autre mère, c'est sûrement elle que j'aurais choisie. J'ai bien le droit d'avoir une mère, moi aussi, non ? Mais il y a une chose que je ne supporte pas, et je veux le dire tout de suite.

—Je veux bien, mais à une condition.

—Laquelle ? demande madame Esther, un peu inquiète.

—Que vous ne m'appeliez plus jamais « mon petit David ». Je ne suis pas si petit que ça !

—Si je dis mon *grand* David, est-ce que ça ira ?

—Ça ira. Ça ira TRÈS, TRÈS bien !

Dans la même collection